Bennassù Montanari

La sciarada appendice alle antiche poetiche

Antìgonos

Bennassù Montanari

La sciarada appendice alle antiche poetiche

Ristampa immutata dell'edizione originale del 1839.

1ª edizione 2024 | ISBN: 978-3-38605-352-5

Antigonos Verlag è un marchio della Outlook Verlagsgesellschaft mbH.

Verlag (Editore): Outlook Verlag GmbH, Zeilweg 44, 60439 Frankfurt, Deutschland
Vertretungsberechtigt (Rappresentante autorizzato): E. Roepke, Zeilweg 44, 60439 Frankfurt, Deutschland
Druck (Tipografia): Libri Plureos GmbH, Friedensallee 273, 22763 Hamburg, Deutschland

LA
SCIARADA,

APPENDICE ALLE ANTICHE POETICHE;

DI

BENNASSÙ MONTANARI

VERONESE

EDIZIONE SECONDA

IN PISA,

CO' TIPI DI RANIERI PROSPERI

STAMPATORE DELL'I. E R. UNIVERSITÀ

M · DCCC · XXXVIIII.

AD ADRIANA RENIER ZANNINI

PER ECCELLENTI DOTI DI CVORE E D'INGEGNO

LODATA DA TVTTI E LODEVOLE

E IN DECIFERARE L'ENIGMA QVI PER ENTRO CANTATO

PIV TOSTO CHE RARA VNICA

L'AVTORE OSSEQVIOSO.

AVVERTIMENTO

Dell' Editore Pisano

Dacchè nessuna copia trovasi in commercio del presente Poemetto, stampato or fa due mesi in Venezia coi tipi del Gondoliere, si crede far cosa grata al pubblico nell' offerirgliene una novella edizione, onde soddisfare alla comune curiosità in un argomento per così dire di moda, non essendovi ormai sociale convegno che non ne faccia oggetto di piacevole trattenimento. Vogliamo astenerci dal far parola del merito di questa poesia; chè troppa presunzione sarebbe la nostra, il metterci innanzi all' altrui giudizio; bastando a noi l' uficio di diffondere anche in Toscana un libretto, che nell' alta Italia forma le delizie di chiunque lo possede, e sa apprezzare il buon gusto, l' eleganza, la vivacità, l' armonia ed ogni ornamento di stile onde rendesi gradita una poetica produzione, alla cui buona accoglienza contribuisce altresì la novità della materia non mai trattata in via didascalica.

In quel travaglio dell' umana mente,
Per cui, di voci con industre ambage,
Altri un' idea nasconde, e di confuso
Barlume la ricinge, altri, col raggio
D' un acuto veder, l'incerto e fioco
Artefatto crepuscolo rischiara,
E a trovar giunge l' involata idea,
Ogni gente si piacque ed ogni etade.
Chè ciò pur dall' ingenito deriva
Desiderio dell'alma, anzi bisogno,
D' esercitar sue posse, e trar dagl' imi
Penetrali, ove giace, un arduo vero.
Io non dirò che con tai sorta enigmi
Tentasse la Sabea Viaggiatrice
Di Palestina il coronato Senno:
So che l'uomo ed il mondo enigmi sono,
A noi proposti dall'eterno Saggio,
Cui strigar tenta invan chi non invoca
L' oracolo, che rende in fra i cipressi
Dell'eterna Sion gli alti responsi;
E che per questo a' suoi beati regni,
Odorosi di balsami e d' aromi,
Forse diè 'l tergo la prudente Donna.
Ma certo in riva ancor del fiume sacro,
Che ora udia spaventevoli i profeti

Minacciar sovra Giuda il brando Assiro,
Or, sfavillanti di celeste gioja,
Prometter Lui, che di sua diva fronte
La monda umanitade entro vi terse,
Grazia trovâr questi ingegnosi ludi.
Da chi si ciba il cibo, e la dolcezza
Dal forte è uscita, ed a cui ciò mi spieghi
Trenta tuniche io dono e trenta manti,
Diceva, posti i nuziali deschi,
Della sua giovinezza ai cari amici,
Marito allegro, il Nazareo Sansone:
E quando i cari amici, a cui di furto
Preciso avea quell'impossibil nodo
La levità della cianciera sposa,
Sclamâr: *dal forte la dolcezza uscita,*
E da lui che si ciba uscito il cibo,
Altro non è che discoperto favo
Nelle gran fauci di leone estinto;
Se non aveste, il Nazareo Sansone
Ripigliò quasi per enigma nuovo,
Colla giovenca mia la zolla infranta,
Anco starebbe il mio tesor nel fondo.
Similemente il declinar dell' uomo,
Le accasciate sue membra, i sensi tardi,
Quando trascorsa è la virile etade,
E pria che colla destra inesorata
L'alta Necessità la tomba schiuda,
Di Palestina il coronato Senno
D'enigmatica nebbia offuscò e disse:
Tremolan della casa le massaie,
I robusti vacillano, ridotti
Vedi a picciolo numero e oziosi
Quei che soleano rigirar la mola,
Il mandorlo di fiori è tutto bianco,
Per le finestre più non entra lume,
Invase attonitaggine profonda
Dei cantici le figlie, sulla fonte

L' urna si franse, si spezzò la ruota
Sulla cisterna, perchè l' uomo al fine
Della sua eternità va nell' albergo.
    Nè, men che in Palestina, in Grecia caro
S'ebbe un tal vezzo, e sol perchè rinvenne
Di Giocasta il figliuol quell' *ente oscuro,*
Che cammina al mattin con gambe quattro,
Al meriggio con due, con tre alla sera,
Di bile disperata in core acceso,
Il portento, leone aquila e donna,
Si perigliava dal Teban dirupo;
E, se credi a talun, lenta rancura
I giorni logorò d'un divin Cieco,
Cui meno increbbe non veder la terra,
E, o placida o in furor, l' onda infinita,
E l'aureo Sole e le Titanie stelle;
Che d'un enigma, che da scior gli diero
Sul marin lido scinti pescatori,
Non penetrar nella bizzarra notte.
Quando più liete le Romulee cene
Fea la zampogna del gentil Marone,
Scoprimi, ed io t' avrò qual magno Apollo,
Ove stendasi il ciel tre sole braccia,
Uno cantava degli Ocnéi pastori :
E perchè Mecenate avea da un canto
Il cispo Flacco, e il Mantovan dall' altro,
Cui talor, colpa delle veglie dotte,
Lo stomaco restio sonoramente
Improverava, non murena o ciacco,
Ma lieve frusto di più cauto cibo,
Con salso motto, che d' enigma ha faccia,
Dir solea quell'Etrusco Cavaliero :
Fra le lagrime io vivo e fra i sospiri.
    Moltiforme è l' Enigma, e nomi ha varii;
Ma quello, che fra noi tiene oggi il campo,
O ne' crocchi leggiadri, o ne' volanti
Fogli ingegnosi che ai prescritti giorni

Pel suolo Italo e fuor l'Adria e l'Olona
Invian corrieri del sapere umano,
È quando, ai nodi della scelta voce
Tronco ogni membro che un'idea concede,
Il senso, sotto a vel più fitto o meno,
Degl'incisi vien porto, e dell'intero.
E il campo, io credo, tale enigma tiene,
Sendo comodo più; chè su' tuoi passi
Agevolmente un'utile parola
Scontri, da coglier quasi fior novello,
E in parole moltiplici e gradite
Con fortunata analisi scomporre:
Laddove pur da te, senza la scorta
Dell'amico vocabolo, un subietto
Rinvenir, che gradevoli alla mente
Porga relazioni e qualitadi,
Contemperando in lui la luce e l' ombra,
Ed il deforme sotto a bella larva,
Ovver sotto a deforme offrire il bello,
Altra indagine vuole, altro consiglio.
Soltanto dunque le mie leggi s'abbia
Dal mio secol l'enigma prediletto,
E scluso resti pur de'suoi germani
Il drappel vario: tutte chiede il solo
Telemaco di Mentore le cure.
  In qual anno, in qual terra il caro alunno
Vagisse prima, raccertar non oso:
Un Morelli fin or non surse, o un Mai,
Che, con assidua man scartabellando
Marciani palinsesti o Vaticani,
Dalla polve traesse e dagli sgorbi
Del suo natal la data avventurosa;
Pur di narrar m'avviso un tal mio sogno,
Che cortese ne fia di qualche lume.
  Me ritenea Vinegia, e le notturne,
Ambiziose per maestri intagli,
E più pel marmo della Greca infida,

Non men che dotte amiche stanze, dove
Undici nazioni in una sera,
La Cinese tra lor, concordi e giusti
Offerivano incensi ad Isabella; [1]
A Isabella, che ohimè! le stanze usate
Or non abita più fuor che dipinta.
Dei garzon vispi e delle vaghe donne
Eletto, più che folto, era lo stuolo.
V'avea quella gentil, [2] cui Milan cesse,
Onde il famoso germogliasse ancora
Ceppo del non degenere Soranzo:
L'altra [3] v'avea, per cui tonàr di gioia,
Quando la salutò sposa Rialto,
E la natia Verona in pianto stava,
I bellici tormenti, e tanta udissi
Di cetere armonia sull'onde salse.
Agile, come ai passi, ai cari motti,
Non mancava colei [4] che le sue sale,
Prospettanti di Marco il nobil foro,
Apre a lauti convivi e allegri balli:
Nè lei, [5] che troppo spesso il bel sembiante
E i vezzi accorti alle cittadi invola,
Per dilettar di sè Tempe frondosa;
Ch'io vidi, io stesso, al traduttor [6] di Flacco
Figgere un dardo nel non vecchio core:
O la dolce compagna, [7] a cui bambina
Dava l'Adria contento il proprio nome,
Presago che dovea la pargoletta
Redar dell' ingegnosa amata zia
(Che illustrò di Vinegia i dì festivi)

[1] Teotochi Albrizzi.
[2] Rachele Londonio.
[3] Teresa Mosconi Papadopoli.
[4] Caterina Quirini Polcastro.
[5] Antonietta Pola Albrizzi.
[6] Tommaso Gargallo.
[7] Adriana Renier Zannini.

L' anima eccelsa e l' onorata penna.
Tra queste d' Isabella il giovin figlio,
Nella scuola difficile sì addentro
D' eccitar fra gli amici un riso urbano
Con detti, che va il lepido talora,
Volendo ed infingendosi per poco,
Del goffo ad acquistar nell' officina;
E de' natii canali il desiato
Gondoliere, (1) che a un bel raggio di luna
Invece degli altrui canta i suoi canti;
Col buon prence (2) dall' Ipani alla tomba
Della Sirena ambasciador venuto,
Ov' ei, credo, affinò l' arti già conte
D' ammaliar dolcemente ingegni e cori.
Il crocchio dilettevole a gran notte
Prodotto, e molte tenebre di voci
Nel lepido trastullo, ond' io ragiono,
Da molti ad or ad or densate e sciolte,
Partimmo al fin, che già il tonante bronzo
Salutava dal mar l' alba nascente.
De' veridici sogni è questa l' ora,
Ed io non pria su i taciti origlieri
Posai la stanca de' fantasmi sede,
Che un' incerta di femmina persona
S' affacciò agli occhi miei nel sonno involti.
Le membra, dislogate alle giunture,
Qual di barbare età creduta maga
Che saggiò della còlla o della ruota,
Opaca ricopria sottana veste,
E l' abito di sopra a più colori
Era un viluppo d' ingegnosa rete;
Crespa la chioma e inanellata, i piedi
Di fettuccia strignean giri e rigiri;
Semplice un velo e senza gruppi un nastro

(1) Luigi Carrer.
(2) Lodovico Jablonovski

Non l'adornava; qual visiera o larva
La faccia le chiudea cilestra nube.
Chi sei, le dissi, e perchè vieni? ed Ella :
Veramente io son tal, che palesarmi
Non deggio; indovinata esser vogl' io ;
E, se di colpo tu non mi affiguri,
Ne incuso il sonno, che le idee scolora.
Spesso io vivo con te; le mie parole
Odi tu spesso, e colle tue favello
Io pur talvolta; pochi istanti sono
Che ci lasciammo, e me sì ratto obblii?
Di romanzi, di storie e di poemi
Anch' io m' intendo, e se a men alte cose
Scender consento, è solo che benigna
Indole vuol, che ai piccioli io non nieghi
Qualcun talora de' piaceri miei.
Come la rima, che in etadi grosse
Nata quantunque, di diletto è fonte,
Fonte son di diletto io, che pur nacqui
A quelle grosse età, quando le care
Membra dell' uomo dalle atroci ruote
Veniano affrante e dalle corde ingiuste ;
E affransero a me pur le care membra:
Rozzezza e ferità spogliate, il mondo
Streghe non più, nè eretici tortura;
Sola io rimango degli strazii antichi
Rispettato vestigio, ultimo sfogo.
Anche in dirotti membri io talor apro
Un sorriso festevole, ed il bujo
Discorso tingo d' amoroso mele.
Tu, che le reti mie più presto godi
Tessere che strigar, non vo' che troppo
Pensar tu debba a discoprirmi; questo
Vapor ceruleo, che mi appanna il volto,
Gl' Italici *ombra*, *scia* dissero i Greci,
E *Sciarada* da *scia* chiamata io venni.
Un gran servigio, o mio Fedel, tu puoi

Rendermi, e che tu voglia io non diffido.
Molti, come ben vedi, e troppi, io conto
Seguaci; tanta turba a me non quadra,
Perchè, soverchio agevole e diffusa,
L'arte invilisce, ed arduo è il bello e raro.
Dunque si difficulti, adatte leggi
Facciano d'infrenarla, e due guadagni
Se ne trarrà, perfezione all'arte,
E nell'inetto artista o indiligente
Della difficultosa arte abbandono.
Queste leggi tu detta, e come bello
Non è nè usato, che raccolga e chiuda
La natia prosa peregrini arcani,
Così le leggi degli arcani miei
Sien da metro raccolte: al naturale
Racine apprese della Francia il Flacco
Più difficili carmi; e da te s'abbia,
Prudente amico, più severe norme
Chiunque alle mie soglie i passi affretta.
Ohimè, che dici? in questo secol norme?
Io dettarle? non sai, Donna, risposi,
Che la grave Epopea, la insanguinata
Tragedia scosse a questi tempi il giogo?
Di riso obietto ci faremo entrambi;
L'acqua alla china correr lascia. Credi,
Ella mi soggiugnea, che in uno stato
Perduri il mondo? le trascorse etadi
Gioghi non vider, qual la nostra, scossi,
Che poscia ritornaro? al mio comando
Non ostar; lunga sperienza hai fatto
Presso di me; de' scaltrimenti tuoi
Gli altri scaltrisci; al secol prisco e al novo,
Da Macro, che cantava erbe e veneni,
Al buon Lorenzi, che de' monti aprici
La cultura cantava, ognor fu culla
Verona tua di tal, cui le incresciose
Regole piacque rallegrar col verso.

Del bel novero sii, quantunque torca,
Sitibonda di lagrime e di sangue,
Dal carme didascalico l'etade
Gli orecchi disdegnosi, e quasi irrida
Le recenti non pur, che Brescia vide
Scaturir nel suo sen limpide *Fonti*,
Ma le terre le piante il gregge e l'api,
Meglio che il pio Troian, che Turno e Dido,
A chi cantolle in pregio. Ardua e sparuta
La materia non è, ch'io ti presento,
Più di quella, che un giorno appresentava
A' tuoi concittadin, (1) Fumáno, e il grande
Che di Merope in man ponea la scure,
Logica, di soriti e d' entimemi
Ispida, e l' altra, che con segni diece
Quasi novera i fior le arene e gli astri.
Disse; e il vapor, che racchiudeale il viso,
Per l'aere dileguossi, e anch' Etla sparve,
Ma non sì ratto, che il cortese aspetto
Mirar non ne potessi: un' aurea luce
E un'ambrosia fragranza allor diffuse
Della mia vision s'eran nel loco,
Che l'alto sonno ruppermi; io le coltri,
Dal suo nume agitato, abbandonai,
Nè il furor cesserà, se prima io tutto
Dell'arte sua l'occulto magistero,
Da cotanta presenza in me trasfuso,
A trasfonder non giungo in queste carte.

Quale tu sii, che da chi t' ode, o legge,
Col poter d' un vocabolo procacci,
Per diletto che dái, ricever plauso,
Vocabol trova, che in ciascun de' membri
Piaccia, e, vie meglio, nell' intero corpo ;

(1) Adamo Fumáno e Scipione Maffei cantarono latinamente,
l' uno la Logica, l'altro l'Aritmetica.

E piacerà, quando l'intero corpo,
E de' membri ciascun, fra i varii obbietti,
Che l'infinito di Natura emporio,
E della sua rivale in mostra pone,
Quelli presenterà, che destar sanno,
Mercè di lochi di persone o cose,
Vivaci fantasie, memorie illustri,
Dolci affetti, o magnanimi, ricordi
D'usi, di riti, d'arti e di mestieri.
A ciò fra le otto schiere, in cui si parte
L'immensa truppa delle voci umane,
È de' nomi acconcissima la schiera ;
Però de' nomi che solinghi stanno:
Gli altri, che lor si addopano, e che solo
Sprimono qualitade, atti son meno.
E la milizia del drappel diverso,
Onde azion s'accenna, e non già cosa,
Che i primi segue ognor, più de' secondi
Utile all'uopo trovasi e piacente.
Alcun vantaggio puoi da' vicenomi
Trarre, ma scarso; ed è più scarso molto
Quello trarrai da copule, da avverbii,
Da proposizion, da segnacasi,
Articoli, e simil genía di voci,
Che della mente la capace tela
Vôta, siccome pria, lasciano e bianca.
Meglio l'altre farien, ma rare sono,
Cui fuori scaglia un forte interno moto
D'odio, d'amor, di tema, o di speranza,
Latinamente dal lanciarsi dette;
Chè piace sempre chi favella al core.
Quando giunge il *primier,* la terra tutta
S'allegra e ogni animal ; roco foriero
Di piova è l'*altro* ; per ortense ajuola,
O di balcon donnesco in fittil vase,
Delle nari delizie il *tutto* vedi.
Al verno, o Donna, fra le danze e i suoni

Il mio *primo* t'accoglie? assai l' ho caro :
Caro il *secondo* ho pur, se raggirarti
Fra lui ti piaccia, allor che ai prati in grembo
Anco le Belle invita il gajo autunno:
Sconfessarti non vo' ch' io son l' *intero*,
Io nel tuo foco sempre, e sempre vivo.
Di nomi al tutto, che solinghi stanno,
Ambedue questi enigmi, *maggiorana*,
Compongonsi, qual vedi, e *salamandra*,
E per ciò, credo, e perchè obbietti varii,
Campestri, sollazzevoli, amorosi,
Colorano al pensier, di grazia ignudi
Non vanno : han grazia le parole anch' esse,
Ch' erudite si chiamano, notando,
Non già gli obbietti agevoli e comuni,
Che in monti in valli in borghi ed in cittadi
Scontra ciascun, ma gli altri al vulgo oscuri,
Che de' gran savii attigni entro ai volumi.
Ignora il vulgo la congiura ordita
Contro Augusto da Cinna, ed il lodato
Verso non men che riordilla in Francia:
Il satirico Momo, che defrasse
Ai sandali divini, alle perfette
Membra di Citerea nulla potendo
Detrarre, ignora; e l' Indiana scorza,
Che l' odorato vellica ed il gusto,
Ei *cannella* dirà, non *cinnamomo*.
Ma quante, e quanto care ai culti ingegni,
Non pote suscitar reminiscenze
Questo dotto vocabolo! Soverchia
Non sia per altro la dottrina. Scopo
È dell' enigma il tollerato stento
D' un meditar, non troppo intenso o lungo,
Ristorar col diletto e coll' onore
D' una trovata astrusità; trovarsi
Dunque denno gli enigmi, e cinti dunque
Esser non denno di perpetua notte.

Quinci pecca, lo scopo in obblio posto,
Chi del nostro sermon fra i cimiteri,
Indigeno sciakal, (1) s' aggira e raspa,
Disotterrando scheletri di voci,
Nel morto mar delle biografie
Nomi incogniti pesca, dalle mappe
Municipali trae, non gloriosi,
Un fiumicello, una collina, un borgo.
Vale *senza* il *primier*, del castron l' *altro*
Discorse il mal, nuoce a' destrieri il *tutto*:
Chi *formella* dirà? sentor cui giunse
Di *for* per *senza*? al medico d'Altino,
Mella, e al dettato sul castron chi pensa?
Nè pure, io credo, il Tragediante d' Asti,
Benchè di sè cantasse *imbianco il pelo
Questa lingua scrivendo e non sapendo*,
Dotto nel sermon nostro, e di cavalli
Amoroso del par, come scaltrito,
Che domarli sapea, sapea curarli,
Potuto avria sclamar *formella*, il morbo,
Che i suoi diletti corridori offende
Tra la giuntura e la corona appunto
Del loro piè, vicino alla pastoia.
É ver che gli adunati e colti amici
Molto a vicenda imparansi, e che bello
È più istrutti partir fin da un trastullo;
Ma riposti chi vuol dottrinamenti
A quei fondachi va, che il prisco Egitto
Intitolò *farmacopea dell' alme*,
E gli Ambrosoli vi consulta e i Gamba,
Nè, seduto su morbidi cuscini,
Caffè sorsando, bisbigliando amori,
Vagheggia d' un vocabolo il conquisto.
Quindi, se cercherà notizie apprese

(1) Animale dei climi caldi, tra il cane e il lupo, che ha
questa proprietà.

Risuscitar la non umil sciarada,
Proficua la dirò, la dirò dotta;
Nuove notizie intruder se pretende,
Dirò che pedanteggia e che delira.
    Difetta ancor chi troppo raro il velo
A lei travagli; chè meschina palma
Quegli poi miete che il penetra, e molto,
Se il preceda un sudor, cresce il diletto.
Avvallasi il *primiero*; sul Giordano
Fu il *secondo* prolifico e non bello;
Fu sul Tebro l'*inter* bello e non crudo.
D' ognun sul labbro è *Giulia* tosto, e intanto
L' altera Giulia, che al Roman teatro,
Tutti gli occhi onde trar, comparia ta·da,
Or sollecita vien, qual peritosa
Matrona che, straniera ai bei misteri
D' entrar con garbo in elegante sala,
Cápita delle prime, e il più vicino
Sedile ingombra della sua persona.
    Poni anco mente, che slogata ai nodi
La tua parola sia, non iscavezza
Nell' ossa; chè ciò il numero de' buoni
Disgiungimenti limita, e ti sforza
Di scegliere, nè dritto è lasciar tutte
Le malagevolezze a chi indovina.
Però colui che, *canape* intendendo,
Dicesse il *primo* è fido, industrioso
Il *secondo*, si semina l'*intero*,
Violerebbe tanta legge, e fòra
Osservarla, lasciati il *cane* e l'*ape*,
Far che a questa sottentri di Corinna,
Men nota forse, la prudente ancella,
Nape, che torre all' emola Cipassi
Potea, giudice Ovidio, il caro vanto
Di spartir meglio alla padrona i crini:
Far che al *cane* sottentri la dimora
Dell' uomo sincopata, e qual si noma

Sulle Adriache lagune con usanza
Non dissentita dal Frullon Toscano;
Poichè questi la frottola membrando,
Che tramandava ai secoli futuri
Il gajo Certaldese, e sì corriva
A creder la Lisetta, e pe' notturni
Scandali camuffato e berteggiato,
A mezzogiorno in piazza di san Marco,
Agnol pria, quindi Satiro, il mal frate,
Dice di quella bambola Lisetta,
Che femmina si fu di *ca* Quirina.
    Un dittongo vocabolo talvolta
Lecito è usarlo dittongato e sciolto,
E v' han dittonghi, che mai scior non lice.
A questo giogo sottoporre il collo
Si contenti l' accorto sciaradista;
Chè vocaboli ei tratta, e manco d' arte
Il viziar la sua materia fòra.
Può dir quindi, il mio *primo* un popol cenna ;
Venti e più capitana il mio *secondo*;
Traesti il *tutto*, o Apollo, (o del fier mostro,
Per la belletta del diluvio nato,
Sterminator, come il tuo nome suona)
Dalla vagina delle membra sue,
Marsia indicando ; e dir pote non meno
Il *primo* azzurra immensitade; l' *altro*
È voce, che il desio spinge sul labbro.
Vorrei, se in questo ei titubi talvolta,
Che con notturna mano e con diurna
Non gl' increscesse squadernare i fini
Provvedimenti (¹) di quell' alma schietta,
Che a te, Verona, gl' Insubri rapiro,
Che non sol pinse , ne' color sublimi
De' veggenti di Dio, la paurosa
Folgore ed il pacato arcobaleno ;

____

(1) I Dittonghi italiani d'Ilario Casarotti.

Non sol con Salomone di robusto
Saporito viatico e manesco
Ne provvide al difficile e pur caro
Pellegrinaggio dell' umana vita;
Non sol fe con Esopo a belve, a piante
Parlar sapienza, ma si piacque ancora,
Perchè l' Italo verso numeroso
Riesca, non che giusto, in bel volume
Ai novizii nell' arte additar l' orma,
Che sillabando e dittongando impresse
De' nostri vati il più gentil drappello.
        Peggio di lui, che sillaba inesatto,
Lui tieni, che in sciarada difettiva,
Sia che male raddoppi o male scempi,
Più che ortografizzar, cacografizza.
In ciò verso degl' Itali i Franzesi
Han briglia lunga e libera carriera;
E il Proteo di Ferney, che gonfiò tromba,
Calzò coturno e socco, all'auree corde
Stese la man, nè disdegnò pur anco
Queste, ch' ei disse *frivole tenebre*,
Sciaradando, se non mente il grido,
Nel linguaggio natio *canzone* (1) e *sempre*,
Di lesa ortografia non si diè carco :
Ma nè rimando pur Franzese vate
Cura l' ortografia , che si rispetta
Dall' Italico in vece; ogni favella
L' indole ha propria, e la seconda il Saggio.
Stupendo per l' *intero* e per gl' *incisi* ,
Ove entrambo dissillabi sien fatti,
Vocabol fòra l' inclito cognome,
Fiorentina repubblica, del tuo

---

(1) Mon *premier* est musique, mon *second* est musique,
mon *tout* est musique. *Chan-son.*
    Mon *premier* est l'immensité, mon *second* est la clarté,
mon *tout* est l' éternité. *Tou-jours.*

Segretaro, or Tiberio ed or Catone
Ne' sensi, nello stil Tacito sempre
O Sallustio, e talor Sejano in core :
Ma, poi che tal cognome non raddoppia
La lettera, che simula la luna
Quando cresce falcata in occidente,
Accommiatar con doloroso addio
O fa d' uopo sì nobile parola,
O al *ma* starsi contenti ed al *chiavello*,
Che poco dice al cor, poco all' ingegno.
So che dell' Allighier l' arbitro verso
La lettera scempiò, di cui favello,
Onde il figliuol di Semele e di Giove
Con *Iaco* rimeggiasse e con *Benaco* ;
Ma nel breve confin dell' epigramma
Di prodotto poema le licenze
Concedersi è viltà : però disdetto
Dal costumar degli Ottimi non viene
Sillabe, che, congiunte alla lor voce,
O van disaccentate, o scritte vanno
Senza segno majuscolo, divise
Considerarle, valutarle, quasi
La majuscola ottengano e l'accento.
Nel vocabol *diletto* il *primo* splende,
Se ti giova, dirai; nè quel Maestro
Di poesia, che delle nove Suore
Cantava il nascimento, in mercè, credo,
Che a lui sì vivo amor ponesser tutte;
Nè il genero suo degno, che vergava
Gl' Itali fogli del più puro inchiostro,
Rifiutavan *poeta* e *calamaro*, (1)

(1) Fiume altero — è il mio *primiero* ;
      Per la morte — d' un gran forte
      Chiaro al mondo — è il mio *secondo* ;
      Il mio *tutto* è un ente ardito ,
      Or lodato , ora schernito ,

Perchè il Tessalo monte, che fu rogo
D' Ercole e tomba, e l' immortal Cantore,
Onde Mantova è chiara al par di Smirne,
Majuscolo pretendano quel segno,
Che adusa in prima chi lor nomi scrive.
Similemente, benchè suoni angusta
Una vocal nella parola intera,
Puoi nell' inciso, come larga suoni,
Prenderla, e, se l' inciso o il tutto ha senso
Doppio, giovarti d' ambo i sensi: brami
Ad *Orazio* accennar? del giorno parte
Col *primiero* ti nomino, dir puoi;
De' cari genitor chiamo il fratello
Col *secondo*; e col *tutto* a te gran vate
Rammemoro e gran duce; e ti è pur dato
Aggiunger, refrigerio è il *primo* ancora
Del viandante, che meriggia all' ombra.
    Evvi sciarada, ch' appellar vorrei
Ricca, perchè di molti sensi abbonda;
E tal fòra *Timoteo*. Ateniese
Guerriero, onde narrava i magni gesti
La linda penna che d' Ostilia è vanto;
Gran citarista, che tumulti e calme
D' Alessandro sapea metter nel core;
Un de' cinque scultori, che la tomba
Di Mausolo fregiaro; al fin quell' Unto,
Sovente egro e di stomaco affralito,
A cui l' usaggio di scarsetto vino

    Che con anima secura
    Tutta abbraccia la Natura.
                  Vincenzo Monti.
  Odi il *primo* sclamar dai marinari
    Quand' hanno al lor desio gli austri contrari;
    L' *altro* è il Divin che con divini carmi
    Cantò le gregge, le campagne e l'armi;
    Ed il *tutto* è il vasel di quel liquore,
    Che a molti reca infamia e a pochi onore.
                  Giulio Perticari.

Delle genti l'Apostolo consiglia.
    I cenni del tuo enigma austeramente
Sien giusti, incontrastabili; pareri
Propii, idee vaghe, allusioni incerte,
Mal gli si attagliarebbono : conobbi
Più d'un Edipo, che tai reti niega
Strigar, quando non abbia della Sfinge,
Che la rete formò, qualche contezza.
Ciò che mangi non pur, ma ti fa luogo
Con chi 'l mangi, saper, disse Epicuro;
E, pria che gli venisse manifesto
Ogni conviva, di tener l' invito
Non promise Chilone a Periandro.
Tutti a un modo non veggono, chi presso
Vede, e chi da lontano ; altri ogni obbietto
Confonde ; e, se dai primi acconci indizi
Può trarre, all'altro nè pur bada il Saggio,
Conscio che il suo badar vana opra fôra,
E che tesori son tempo ed ingegno,
Che usar, non sprecar, voglionsi, e che l' arte
Del buon massaio, come nelle grandi,
Appar così nelle sottili spese.
Dunque se Rodomildo, che di colto
Ha bensì grido, ma che quanto ei pesa
Tu sai, Guglielmo, scioglie e ricompone
Voci in un crocchio, tu, che a' gelsi intendi,
Segui a congetturar col tuo vicino
Sul prezzo delle sete; e tu, Gherardo,
Che di carmi t' impacci, e che devoto,
Qual sei, della sua donna o del suo cuoco,
Col bisbigliar di chiacchere avvertite
A Rodomildo dispiacer paventi,
Fa dell' impensierito, ma i pensieri,
Più che a' suoi lambiccati guazzabugli,
Serba a qualche concier dell'ultim' ode,
Che recitasti a Panfilo; e tu Laura,
Se or non vuoi dalla folla degli amanti

Tenerezze ascoltar nè maldicenze,
Alla gran festa de' Filocorei
Pensa, la qual s' approssima, o al vestito,
Cui Parigi per te medita e suda,
Del color di quel nitido elefante,
Che al re de' Franchi il re de' Siamesi
Testè donava, avventurosa belva,
Succeduta in Europa agli alti onori,
Onde, due lustri nanzi, inebriata
La giraffa venia, di tante fogge
Legislatrice, e che del trono al piede
Gli eleganti suoi dì chiuse sull' Istro.
Ma, della Sfinge tua se puoi fidarti,
Non che l' enigma suo, studia lei stessa.
Rumina (vuol ragion ch' io pur soccorra
Gl' indovinanti d' alcun saggio avviso)
Quai nel cerebro idee, nel core affetti,
Le vadan fermentando, i luoghi nota
Da lei visti quel giorno e le persone,
E rianda, se puoi, l' ultimo libro,
Di severo argomento o di giocondo,
Onde al tuo tentator sarà piaciuto
Nodrir l' ingegno, o discacciar la noia;
Chè, come spesso l' indole è sul labbro,
Così talvolta è nel suo enigma l' uomo.
 Sciarada rincrescati, i cui cenni
A più motti rispondono, un sol piede
Il tuo calzar ben calzi, e non imiti
Di Teramene il duttile coturno.
Incontra che, più adatta ai cenni offerti
Voce vegga l' acuto indovinante,
Di quella che pria vide il losco autore:
Affermo col *primier*, dicea Fulberto;
Secondo e *tutto* son del patto antico,
E a *Sisara* alludea ; ma Clementina,
Alludendo ad *Elia*, diè più nel brocco ;
Chè il profeta, compagno in sul Taborre

Di chi portò le tavole a Israello,
E non già un aborrito Cananeo,
Della prisca alleanza è personaggio.
     I cenni poi t' increscan, se co' motti
Accennati non han perfetto accordo
Gramaticale ; in ciò peccar non rado
Ho veduto qualcun, ch' altro da nome
Sprimer desia, che non istà solingo.
     Specificar suoi cenni ama ogn' *inciso*
Meglio, che sol notar qualche riguardo
Cogl' *incisi* limitrofi e col *tutto*,
Nulla specificando ; se la foggia
Men buona è l' adottata, e tu rischiara
Tenebría tanta di riflesso lume ;
Conveniente epiteto, atta frase
Scusa altri cenni omessi, e, modellato
Così l' enigma, più scabroso, è vero,
Riesce, ma più ancor semplice ed uno.
Ti è forza nel *primier* scontrare il *tutto*,
Come il *secondo* mio, con doppio volto.
Quel *doppio volto* a *Giano*, che col senno
Il futuro vedea come il presente,
Non pur t' adduce per sentiero breve;
Ma ti serve di fiaccola, che raggia
Gran luce sovra l' altre oscuritadi,
E nelle *corti* addentrasi, e ti mostra
Un troppo differente *Cortigiano*
Da quello sì perfetto, che in Urbino
A Isabella Gonzaga, a Emilia Pia
L' alta descrisse Mantovana penna.
     Amerei pure, o fra ogn' *inciso* e il *tutto*
Notar relazioni, ovver fra nullo.
Del mio *secondo*, che il mio *primo* tiene,
L' *intero* cerchia l' adorata imago,
Dir vorrei nel vocabolo *cornice*;
Nè in *Fenice* direi : diedi al *secondo*
Il mio *primiero* ; ed il mio *tutto* vola ;

Ma sì bene : al *secondo* io diedi il *primo* ;
Al *secondo*, che proprio è fra le donne
Quello che fra gli augei l'unico *intero*.
    Gretta di' la sciarada, ove arieggi
Troppo l'un membro all'altro, ovvero al corpo,
E trovar di tai motti è merto lieve.
Dalla parte del conte d'Almaviva
A Rosina leggiadro *mazzolino*
Testè recando, o Figaro, dicesti:
Olezza l'*un*, l'*altro* l'uom veste, e viene
Dal *primiero* l'*inter*, pegno sovente
Di corrisposto amor ; ma, se la sbarra
A sì fatti vocaboli disserri,
Poca varietà l'enimma acquista,
Tu poca gloria, sì stivato e umile
Vedrai di voci popolo all'entrata.
    L'enimma tuo lungo non sia, nè, a guisa
Delle similitudini d'Omero,
Strascichi dopo sè coda prolissa
D'episodica ciarla, che soverchia
Gli utili cenni, e per lo ciuffo quasi
Par che voglia afferrar l'occasione
Stranieri d'inserir distico o strofa :
Sì, di Rosina tu buon confidente,
Anche in ciò, a parer mio, talor difetti.
La regola, che indice all'epigramma
Corpicciuolo minuto, adatta viene
Alla sciarada pur; chè qualche volta
Fassi epigramma la sciarada anch'essa,
Or tenero, or galante, or d'acre aceto   •
Cosparso ; e nel tuo lepido volume,
Siracusano Epigrammista, (1) ch'oggi
Di quella veste l'Aquinate ammanti
Onde un giorno ammantasti il Venosino,
A Frine dici : il mio *primier* te chiama,

---

(1) Tommaso Gargallo.

Te il *seguente*; ed il *tutto* (ovvero *Teti*)
È una Dea, pari a te, che il mondo abbraccia.
Coll' epigramma la sciarada questo
Ha pur comune, che perpetuo cibo
Non va fatto di lei; non è quel pane
Cotidiano, che non mai disgusta,
Ma quando mele sdolcinato, e quando
Piccante droga, onde l' incauto abuso
Fastidisce il palato, o lo stordisce.
De' Feaci e de' Veneti splendore,
Te benedetta per rispetti mille,
E di ben altro affar, saggia Isabella,
(Volentieri il mio verso a lei ritorna)
Di cui niuna, cred' io, la sottile arte
Meglio apparò d' un conversar leggiadro;
Ma benedetta veramente ancora,
Per ciò che ne' periodi frequenti,
Che in qualsivoglia amabile ritrovo
Sorgea più baldanzoso e pertinace
Questo ardente sciaradico desio,
Sempre sapesti dominarlo accorta,
Nè, pria che desse mezzanotte il segno,
Mai ti piegavi all' indiscrete istanze.
E benedetto or te, Zamboni illustre,
Nella via degli elettrici misteri
Trovator di miracoli, sfuggiti
Alla Comasca vigile pupilla,
E della suora mia (¹) soccorritore
Nelle amiche de' crocchi iberne notti,
(Ch' ella dai balli e dai teatri lunge,
Al mondo, che ancor l'ama, il tergo vôlto,
Di te paga e d' alcun che a te somiglia,
Inganna fra i domestici pareti)
Soccorritor, perchè l' Allettatrice,
Che oracol me delle sue leggi volle,

(¹) Lavinia Pompei.

Troppo non si accarezzi, e sugli alterni,
Utili favellari o dilettosi,
Non le accordi il Favor soverchio campo.
Ah! nelle Costei reti incauto core,
Che s' avviluppi oltre misura, (sia
Franca la verità, nè assenta il cielo
Che inavvertito dal mio labbro parta
Chi con periglio a femmina s' accosta)
Più libero non è; l' ora ed il loco
Del trastullo non pur, ma l' util tempo,
E il gabinetto, a' gravi studii sacro,
Fansi di lei ; vien di repente tronco
Un pindarico volo a quel che l' estro
Del poeta più spazia; e, quando gli occhi
Stanno de' Sofi sulle eterne carte,
In esse il santo ver, l' amabil bello
Non attraggono più, ma, come il Sardo (1)
Correggitor di letterate pecche,
Dell' isola natia tolto alle storie,
E le origini dato e la fortuna
A meditar dell' Itale parole,
Ne' libri, che svolgea, pensieri e affetti
Più non curava, se a lui stesso credi,
Ma voci solo ed etimologie ;
Tal chi del proprio core ambo le chiavi
All' eroina de' miei canti affida,
Dal racconto patetico, dal sodo
Ragionamento fia che si dismaghi,
Perchè gli sbalza al guardo affascinato
Un prepotente sciaradabil motto.

 Meglio, che riprodur sott' altro aspetto
Disfiorato vocabolo, ti sembri
Un vocabolo vergine produrre.
Conosco che non vuole arte men fina

---

(1) Il cav. Giuseppe Manno autore *De' Vizii de' Letterati,
Della Fortuna delle parole*, e d'una *Storia della Sardegna*.

Ridir con vaghe ed altre fogge il detto;
Membro che Tullio e Roscio ebber tenzone
A chi più moltiforme riuscia
Un medesmo pensier significando
Con frasi il Dicitor, con gesti il Mimo ;
Che il vate de' tre regni in guise tante
Ambì di sporre, che Tiresia e Arunte
Nella pena infernal vedeansi il tergo ;
E che Ippolito mio gli azzurreggianti
Mutò quindici volte occhi di Palla (1):
Ma ciò non sempre, che più d' arte acchiude,
Induce più diletto, e cotal vero
La mia pagina stessa ahi ! non rassodi,
Ove dall' artificio esca la noia.
E tengasi, che nuova intatta voce
Di quella voce assai più cara torna,
Quantunque ornata di recenti vezzi,
Che alle lusinghe d' un primiero amante
Concesse il bello virginal suo fiore.
      Nè sol non difettate e nuove, acconce,
Massime se ad un circolo proposte,
Le sciarade io vorrei; tenero motto,
Che rimembri d' amor gioie e tormenti,
Male s' accoglieria dove i tarocchi
Stanno attendendo cavalieri santi,
Che, i presciti mustacchi abbominando,
Serban, reliquia del novantanove,
La bella ancor predestinata coda;
O rigide matrone, che, nel fosco
Mattutino zendado imbavagliate,
Sole per umiltà, l' ebdomadario
Devoto biscottin portano agli egri;
O cappe o toghe, che zelando vanno,
Coi polmoni non men che colle braccia,
La legittimità delle Corone.

(1) Nel tradurre l' Odissea d' Omero.

Parimente di giovani bizzarri
Nelle assemblee ridevoli, o proterve,
D' austero motto il torvo sopracciglio
Un Senocrate fòra ai molli in grembo
Tappeti d' Aristippo: loderesti
Che que' Severi ascoltino ? più caro
M' è il *primier*, s' io propino a due begli occhi;
Dell' *altro* i lacci, (1) che *Vittoria* suona
Nella lingua d' Erodoto e d' Omero,
Rotti cantava pria, poi rannodati,
Di Metastasio l'amorosa lira ;
Non di vate l' *inter*, (ch' è *Berenice*)
Ma sospir fu di blando Imperadore.
E diresti a sbadata ragazzaglia ?
Lagnavasi il facondo Nazianzeno
Che esatte non ripetan le parole
Gli uomini, qual ripete il mio *primiero*;
È simbolo il *secondo*, o spento o acceso,
Di quella carità, che a noi nel petto
Langue pel *terzo* o ferve; in fra gli agnelli
Metti anco il *tutto*, che lasciàr le poppe
Della lor madre, e semplici e lascivi
Combatton seco stessi a senno loro.
Ah ! che l' eresiarca *Ecolampadio*,
E di Nazianzo il Sole, e le nodrite
Del mistic' olio lampane, o digiune,
Delle vergin prudenti e delle stolte,
E la sposa di Cristo e il Nume eterno,
Son troppo serii obbietti e da mondane
Follie divisi troppo. Ai Tridentini

(1) Sento da'lacci suoi,
    Sento che l' alma è sciolta ;
    Non sogno questa volta,
     Non sogno libertà. --
   È ver da'lacci suoi
    Vantai che l'alma è sciolta ;
    Ma fia l' estrema volta
    Ch' io vanti libertà.

Padri la gravità del sacro enigma
Sulle labbra del dotto Fracastoro
S' addica, se co' ludi dell' ingegno
In compagnia festevole talvolta
Godean, nella stagion che al foco invita,
I sottili cangiar dibattimenti
Sulla difficil *grazia*, e le temute
Decisioni sulla *residenza*.
Il tuo secolo pure e la moda anco
A blandir ti consiglio. Or che la stessa
Montagna, ove s' inerpicano iu frotta
Rimatori animosi e rimatrici,
Non più lo scudo di Minerva, ornato
Della Gorgone orrenda, a proprio stemma,
Nè l' arco tien del già canuto Apollo,
Ma il segno trionfal di Costantino,
Tu farai, se a' miei detti orecchio porgi,
Ben di rado venir sulla tua scena
Le Deesse d' Ovidio e i loro drudi.
Nè sol trarrai da veritiero e antico
Volume il motto, che per te poi viene
Di luce e d'ombra destramente avvolto:
La novella, che uscì l' altrieri, e piacque,
Il romanzo, che ognuno oggi divora,
Lo storico, il filosofo d' un giorno,
Che i sapienti avvenir rumineranno,
Il vate, l' orator, l' autore, l' opra,
Su cui, come su preda, già coll' ugne
I giornalisti piombano e col rostro,
Se un ipocrita obblio meglio non fieda,
Avrai più famigliari. Esempio caro
D'antepor l'odierno all' ossoleto,
Il patrio al forestier, di fresco diede
Ai culti ingegni della nostra etate
D'Anna Allighieri la sentita figlia, (1)

(1) Teresa Di Serego Allighieri.

Che a mascherata illustre danza giunse,
Non col nome, coll' abito e co' fiori
Di pastorella, che in Arcadia nacque,
Non co' veli funébri e i nereggianti
Velluti della misera Stuarda ;
Non ritraendo in sè la Ravennate,
Che insanguinava Rimiui, quantunque
Sì calde sul domestico poema,
Per pietate di lei, lagrime sparga :
Ma più presto la tua, Cesare amato. (1)
Giovin Romilda, quale a noi si mostra
Della Lombarda antica strenna in fronte.
Sventurata Romilda ! In fra gli altari
Le fralezze d' un primo amor non vinto
Al ministro di Dio svelar credendo,
Al marito svelavale, ed in vece
Della destra, che assolve, in alto il fiero
Lampo mirò del vindice pugnale.
Tu non vedesti, o Cesare, quegli occhi,
Le ciocche di quel crin, giù per lo viso
Riccie e folte, e per l' omero diffuse,
Non udisti i sinceri universali
Plausi di questa tua Romilda intorno,
Tu (2) che dai muri cittadini, e lunge
Dal tripudio di sale e di teatri,
Solo e pensoso, del tuo laco in riva,
Placida vivi e dolce vita, i tuoi
Mesti amori or cantando, or la natura :
Pur, come di sì amabili trionfi
Sentore a te pervenne, il tuo di vate
In pria gonfiossi moderato orgoglio,
Ma tosto, del natio laco quasi onda,
Che s' ingrossa un momento e poi ricade,

(1) Cesare Betteloni.
(2) Allora il Betteloni non avea scritto la sua ode a Carolina
Ungher.

Piano tornò, qual dianzi, e mansueto.
    Talor per simpatia, per gentilezza,
Per blandire una Bella o un Sapiente,
Perchè, più che all' astratto, aprir la porta
Il cerébro dell' uom gode al concreto,
Altri l' enigma suo tesse alludendo
A luoghi a tempi a fatti ed a persone
Peculiari al tutto: io non disdico
Che tu pure in adatta circostanza
Di pari guisa adopri; esigo solo
Che queste parziali e inconosciute
Allusioni, quasi di rimbalzo,
E per certa gentil disinvoltura,
Dal conversar con fine donne attinta,
Scoprir tu debba a chi t' ascolta, o legge.
    È lecito produr sciarada mista
Di volontario equivoco e faceto,
E di quella goffaggine voluta,
Che Tullio encomiò, praticò Volta,
E in Stratico destò bile, non riso?
Chiedemi qualche Saggio, ed io ripiglio:
Purchè di rado facciasi, e, siccome
Nelle disconosciute allusioni,
Al lettore, o uditor, ne venga cenno,
È lecito: però l' Ontario laco,
Che nelle terre Americane stagna,
Amando sciaradar, nell'altro mondo
Cerca il *tutto*, dir puossi, e frodolento,
Intendendo l' Antipode emisfero,
Al soggiorno accennar delle ignude Ombre:
Però l' amante di Sofronia, *Olindo*,
Quell' attillata lettera dir puossi,
Che un dì venne di Solima tra i muri,
Per troppo amore e fè, legata al palo:
Similemente l' unica officina,
Che roba trista di spacciar confessa,
Ove indicar la *merceria* si voglia.

Meglio assai di tal genere, che troppo
Ritien, più che del lepido, del falso,
Reputa l' altro, che favella agli occhi,
E ch' uno è pur de' nobili piaceri
Delle colte assemblee, massime quando
Le scevre di sollazzo cittadino
Non brevi sere del novembre acquoso
Passino alla campagna. Esso vicina
Cogli adagi o *proverbi*, o sia *parole*,
Cui la maestra esperienza *approva*,
Non già da labbro pedantesco usciti,
Ma dalla gaia pantomimic' arte,
Perchè tu debba indovinarli, pôrti
Al sagace tuo sguardo: e una gioconda
Villa tra i monti, che il mio fiume bagna,
Alta Donna mirò, che la cortese
Del Moliere Italico fingea,
E prudente del par Mirandolina,
Benissimo acconciar di stanza e mensa
Color, che primi nella sua locanda
Fingeansi capitati, ed il sezzaio
Disservito di tavola e di letto;
E tutta udì la risguardante folla
Sclamar: *chi tardi arriva male alloggia*:
E mirò sollazzevol drappelletto
Di teneri garzoni ed ingegnosi
Imitar Barbariccia e Farfarello
Con le corna di carta e con le code,
E Cagnazzo, e Alichino, e Rabicante;
E ciascun di que' démoni fanciulli,
Iterando di piè colpi e di mano,
Dal seggio, che sedente ognor mutava,
Ora trarre a vicenda, or venir tratto,
Un diavol caccia l'altro i circostanti
Tra gli applausi gridando e fra i cachinni.
E tu del pari d' ogni tronco membro,
Che un immagin consente, e dell' intero

Corpo tanti potrai diversi gruppi
Di persone formar, che un quadro vivo
Formino, ove più quadri insieme stanno.
Del mar la piaggia, che un' antica torre
Presenti, e sull' arena, umido ancora
Dell' onda mal varcata, un caro estinto,
E, di pianto e di morte il viso sparsa,
Donzella che si lacera le chiome,
E il petto si percuote, il primo quadro
Sia che tu sponi; un semplice tappeto,
Steso a terra o a muraglia sovrapposto,
L' altro; ed il terzo ampio delubro, a cui
Va con fiaccola accesa un furibondo;
Chi non esclama *Erostrato?* Ti giova
Figurare *esterminio?* Oh di che vario
Spettacolo e pomposo ogni pupilla
Pasci! nel primo gruppo la leggiadra
Di Mardocheo nipote, allor che bianca,
E lagrimosa, e da due fide ancelle
Soffolta, move all' alta grazia, e sviene;
Appunto quale io la vedea fanciullo
Dal colorar di Farinato espressa
Nel picciol tempio delle patrie scuole,
Ove la mia sì debole virtude
Non pochi attinse al retto oprar conforti;
Vedeala, e fu costei la prima Bella
Che da me dolci s' ebbe e lunghi sguardi.
La toletta di Venere e di Giuno,
Che ammisero d' accordo ai lor misteri,
Perchè troppo congiunti in amistade
Colle Grazie ministre, Albano e Appiani;
Toletta, onde oggi il Mella si rallegra
Nella magion d' un mite Cavaliero, (1)
Le cui splendide sale ogni Arte fregia,
Può fra l'acque odorose e le manteche

(1) Il conte Paolo Tosi.

E le polveri far che nel secondo
Tuo gruppo meglio il vivo *minio* splenda,
Sicchè questo ad ogni altro adornamento
La Dea bella preponga o la superba:
E del Fenicio Agenore la figlia,
Che, sul candido toro a Creta giunta,
Dicea: pria che per doglia io smuora e smacri,
Bella dato mi sia pascer le tigri:
Può vedersi involar quel *minio* stesso,
Che di Giove l'amor le valse, e l'ira
Di Giunone implacabile; ma i tempi,
Indulgenti cogli Angeli idolatri
Delle belle Mortali, di rigore
S' armano contro i Numi dell' Olimpo;
Ond' io ritrar ti esorto in quella vece,
Quantunque men così l'idea primaia
Parrà, d' un gran palazzo ad una vista,
Donde cenno real la capovolge,
Di Nabot la Nemica e de' Profeti,
Che da' cani fu poi lacera e morsa,
Purchè nella sua gala invereconda,
Più che cincinni e nastri e fiori e gemme,
Delle guance impiastrate il *minio* spicchi.
Ogni secolo ahi! troppo, ogni contrada
Vario tema può darti al gruppo terzo.
Ma se ritrar fiera vendetta e giusta
Vorrai, che a un popol conculcato insegni
De' crudeli oppressor scuotere il giogo,
Sulle Sicule piagge, in fin del golfo,
Nel grembo a ridentissima pianura,
Sorga da lungi la regal Palermo;
Più presso, al Paracleto un tempio sacro;
Cada il Sol, tutta intorno la campagna
Fiorisca, e donne ed uomini giocondi
Ne' prati il ritornar di primavera
Festeggino, e più ancora il Dio risorto.
Qualcuno ai panni, men che alla baldanza,

Francese appaia, e a casta donna insulti,
Che lo respinga; la campana suoni;
Zuffa indi sorga e strage, e rida altera
Sicilia al fin dell' *esterminio* Franco.

Tali, che a parte a parte io fin qui sposi,
La sofferenza tua forse abusando,
Lettore, o scoltator, le leggi e' modi
Son dell' enigma, cui l' Europa intera
Oggi frequenta, e di che l' Asia anch'ella
Giovasi da gran tempo, e quel fiorito
Paese, ove tante arti ebber la culla,
E contro degli esterni assalitori
D' altissima muraglia a sè fa schermo.
Magonza non avean Friburgo e Amalfi
Le tre famose rivelato ancora
Invenzioni, che cangiâr la faccia
Del nostro mondo, nè straniere in China
Erano sin d'allor che il Veneziano
Polo a Pekin comparve. Dal caduto
Impero con Augustolo pur anco
Le stazioni a facili intervalli
Sulle maestre vie ristabilito
Italia non avea de' corridori,
Che mutano a vicenda e son mutati,
E già vulgari erano in China; e diede,
Seguendo il senno del tornato Polo,
La norma a Italia del benefic' uso,
O cantor di Goffredo, un tuo bisavo;
Siccome il pel del sonnacchioso bruto,
Che i postali destrier fido guernisce,
E donde trasse la tua gente il nome,
Da secoli ben cinque a noi ricorda.
In Pekin dunque, sotto Gingiscano,
Fra mille dell' ingegno scaltrimenti
Proficui, dilettevoli, o bizzarri,
Questo pure enigmatico trastullo

Marco Polo trovò, quando col padre
Vi pervenne e col zio, Maffio nomato
Questi, quei Niccolò; ma d' Agiarne
A un tenace proposto sanguinoso
Servia barbaramente. Era la vaga
Agiarne (de' Tartari agli orecchi
Suona tal voce *risplendente luna*)
Cara di Gingiscan prole infelice
Quanto vaga e ingegnosa, e Marco stesso
S' avvide come ratto ella potea,
Volendolo, apparar gl' Itali accenti,
Che, uditi, ripetea con memor labbro :
Ma un suo cupo dolor la tiranneggia,
E in un pensier la tuffa, e la distorna
Dagli studii non men, che da' piaceri.
De' Cinesi monarchi o doppia Corte,
Cui sol divide un maestoso fiume,
E dove il men delle ricchezze è l'oro ;
O superbi giardini, ove sovente
Arbori enormi, che da voi ben lunge
Stendeano a torto le frondose braccia,
Da' natii seggi colle barbe loro
Disvelti, mercè d'argani e di ruote
Vengono ad aumentar rezzo e portento,
Quanto rapisce alle delizie vostre
Il dolor d'Agiarne ! Ma, s'io piena
Dar del rammarco suo contezza debbo,
Le mosse mi convien prender più d'alto.
Raccapricciando ragionare udito
Avrai non una volta del tremendo
Veglio della Montagna, Hassan, primiero
Di quella stirpe, ed inventor nefando
Della setta Assassina. Una contrada
Abitava di Persia, anzi una valle,
Milice detta e fra due monti chiusa.
Bellissimo l'aspetto era del loco
Già da natura, ma poi l'arte molto

Sudò nell'adornarlo, e ameno parco
Quivi costrusse ed elegante reggia.
Per canali venian fiumi di latte,
Di liquefatto mele, e del robusto
Licore allegrator, che il Monsulmano
A sè stesso negava, il cui digiuno
È solo, come raccertar poteo
Del regnante Mahmoud la sapienza,
Consiglio del Profeta e non comando.
Antri per tutto e comodi boschetti,
E sonore fontane, e cheti laghi,
E fere mansuete, ed amorosi
Pennuti, e femminili a quando a quando
Beltadi, più che rigide, proterve.
Ne' ricchi del palagio appartamenti,
In capaci alabastri, a voluttade
Odorose e tepenti acque fomento,
E talami, e giacigli, e specchi arditi,
Che i misteri d' amor doppiano al guardo.
Paradiso tal loco i Saraceni
Chiamaro, e veramente paradiso
Il credeva ogn' illuso giovinetto,
Che per voler d' Hassan venía là tratto,
Assassino onde crescerlo. Guardava
Le strette fauci dell' arcana valle
Un ardua ròcca, bello e forte arnese
Da fronteggiar con prospera costanza
Plebeo tumulto, od agguerrito assalto.
Nella ròcca serbavasi l' imberbe
Adolescente frotta, e a quattro, a dieci,
A venti, traslatavansi nel parco,
Poi che in ben alto sonno aveali immersi
Soporifera beva; risentiti,
Ed ammirati del divin soggiorno,
Pensavano che avean già traversato
L' Alzirat, ponte più d' un fil d' aragna
Non largo, che due mondi insiem collega,

Sotto cui scorre vorticosa fiamma,
E subitani scoppiano fragori,
Di sgomento a colmar chi passa sopra,
E ch' eran delle Urì giunti agli amplessi.
Ove alcun degli adulti giovinetti
Spedir voleasi al tradimento e al sangue,
S' assonnava di nuovo, e nella ròcca
Si riportava, ed era il suo destarsi
Un fastidio di tutte umane cose,
Un' ansia d' acquistar di nuovo il cielo,
E per sempre. Il feroce al par che scaltro
Di tali insanie profittava, e i suoi
Biondi sicarii in questa e in quella parte
Mandava; chè il morir gioia, non duolo,
Lor riusciva. Quanti prenci e quanti,
Onde sottrarsi ai subiti pugnali,
Con prudente viltà si fèr del Crudo
Tributarii ! L' obbrobrio sanguinente
Cento il mondo sofferse anni e cinquanta
D' Hassan nella prosapia; e fu supremo
Vegliardo Aloadin, che il generoso
Tabur mandò sotterra. Era il garzone
Figliuolo al re di Samarcanda, e in campo
Valore, ne' consigli, oltre l' etade,
Mostro prudenza avea; ma un suo scettrato
Confine, assai temendone, dal Veglio
Comperò la sua morte; e giubilando
La vendette Costui, che lo avversava,
Però che il genitor sempre distolse
Dall' offrirgli tributo, e con indegno
Vassallaggio mercando abbietti giorni,
Quasi approvar cotanta immanitade.
Il reale garzon Samarcandese
Fervea per Agiarne, e pari fiamma
La donzella struggea, che, pria che moglie,
Vedova, più di talamo non volle
Udirsi favellar: quando le inique

Arti fur conte, onde Tabur si giacque,
Il padre, a vendicarla, eletta schiera
In Milice mandò, ma l' afforzata
Ròcca fu inespugnabile; soltanto
Trionfolla nel terzo anno la fame ,
I brandi allora le bipenni e il foco,
Non pur la reggia e il parco, Aloadino
Struggendo, e tutta la sua stirpe rea.
      Ma non l' alta vendetta, e non gli alterni
Ricreamenti, con che cerca il padre
Alleggiar della figlia il muto duolo,
Conseguono l' effetto. In van le danze
Fervono nella Corte, e ne' giardini
Colla rapida man stupendi incanti
Fan gli sperti apparir tragettatori;
Sempre mesta è Agiarne. Il padre intima
Sollazzevole caccia, e spranghe e funi
Sovra quattro congegnano elefanti
Portatil sala, covertata fuori
Di leonine pelli, e dentro agiata
Di tappeti e origlieri, ove si corca
Gingiscan mollemente, i dolci figli
Seco tenendo e maggiorenti e dame :
Gli cavalcano intorno i suoi scudieri,
Che, gru vedute spaziar per l' alto,
Sire, passano gru, dicono; e il Sire,
Tolti di botto i leonini cuoi,
Ai lanieri falcon disserra il varco,
Che rotano per l' aere, e que' passanti
Ghermiscono, indi recano alla sala.
Talor cavalca Gingiscano istesso,
E piglia in groppa un educato pardo,
Che, sguinzagliato, fa su daini e cervi
Quello che sulle gru lanier falcone.
Ma l' afflitta Agiarne: O Genitore,
Un conforto, miglior delle tue cacce,
Assenti alla tua figlia, e, sin che duri

Il piacer del Monarca e della Corte,
A me pur di Pekino uscir concedi.
Sul vôto avello di Tabur tradito,
Che fra le patrie tombe io gli sacrai,
(Quando il corpo sen giace in Samarcanda)
Alcun riposo avrò. S' accora il padre,
Nè però le si oppon : la Dolorosa,
Fra le tombe a venir, di Pekino esce;
Chè i cimiteri fuor delle cittadi
Tanto pria dell' Europa ebbe la China;
Come Pekin, pria di Venezia tanto,
Ebbe un' eccelsa torre, e sulla cima
Notturna vigilante sentinella,
Che velettava intorno, e, dove o foco
Scoppiasse d' improvviso, o movesse oste,
Con due legni battendo un gran tamburo,
Dotta del rischio suo fea la cittade.
Or pensa se altro talamo Agiarne
Salir potrà : ben ne la prega il padre,
Ma vanamente; e, se talvolta impera,
L' altra l' ordin declina ; e, poichè vuoi,
Sposa, dice, verrò, ma di garzone,
Che i viluppi enigmatici, ch' io tesso,
Sia tanto a sciorre, ed, altrimenti, perda
Sul patibolo il capo, e dell' oltraggio,
Che a lui recava contrastargli osando
La fida sposa, il mio Tabur consoli.
Nè sol gli enigmi tessere l' Accorta,
Ma proporli vuol ella ai folli amanti
In tutto lo splendor di real pompa,
Che bellezza le cresce e maestade,
E nel Divano, perchè il luogo anch' esso,
Oltre lo sfolgorar di sì cari occhi,
Li smarrisca e confonda, e vincitrice
N' esca ella sempre. Quanti capi e quali
Di Pekin sulle porte all' aste infitti,
Senza che mai per questo imparin senno

I garzoni, o la Vergine pietade!
Dell' enigma, ch' io canto, un sì fiero uso
In Pekino trovò, quando vi giunse,
Marco Polo, e pentito Gingiscano
Che soverchio indulgesse al pertinace
Della figlia dolor. Giovane e ardito
Il Veneto era e generoso, e molto
Stavagli a cor quel barbaro costume,
Da prima divenuto incauta legge,
Abolendo, perenne ed onorata
Lasciar di sè memoria a sì gran Corte.
I vezzi d' altra parte e la beltade
Potean di Marco sovra il cor gentile,
Ma non sì che alle grandi congiunture,
Che il magnanimo tentano, incapace
A resistere ei fosse, e d' assennata
Costanza a inusbergarsi e di rigore.
Dunque fra sè dicea : Della Donzella
Io l'arti affronterò; s' io vinco, annullo
La legge detestata, e, ov' io soccomba,
Sol dell' averlo cerco immensa lode
Procaccio al nome mio; chè non per brama
Combatto d'ottener la Principessa,
Ma tanto di sparmiar garzonil sangue.
Grande di Gingiscan, che un grande affetto
Già per Marco nutria, fu la tristezza,
Quando non avvertito nel Divano
Sel vide comparir contro la figlia,
Presentando al Consesso un chiuso foglio,
Da leggersi, dicea, dopo il cimento.
Fra la seduzion di nere gale
Agiarne entra intanto; e Marco in piedi
Nell'alta idea d'un benefizio illustre,
Che impartir spera, assorto, ode e non vede.
Il mio *primo* son ceruli canali,
E vi scorre per entro un'onda rossa,
L' Ingegnosa sclamava, che addestrata

Alquanto nel sermon s' era di Marco,
Persuasa ch' ei pur di lei perduto
Correr vorrebbe la funesta lancia.
Quanto il *secondo* tuo, la sposa intendo
Dell' avuncol Maffio, s' ella presente
Qui fosse, e, più, la tua diletta madre,
Palpitar non dovrebbe in tale istante
Per te, che nella fossa un piede tieni !
Dell' *intero* sin qui sonan portenti,
Ma tu te ne dilunghi, e veramente
Meco giunto, infelice ! a questa gara,
Che nol vuoi riveder ci manifesti.
Alquanto riposò la china fronte
Polo sovra la manca, indi rispose:
Real Donzella, come vaga e cruda,
Di fermo, gentil sei, ma ne' presagi
Veridica del par non ti conosco.
Con un piè nella fossa ancor non sono;
Ben potresti esser tu nelle mie braccia:
Nè smarrirti di ciò, nè il corso usato,
Per dispetto, o cordoglio, affretti, o allenti,
La rossa onda ne' ceruli canali,
Il sangue voglio dir del tuo *primiero*,
Che certo il tuo *primier* sono le *vene*.
Se il mio *secondo*, la diletta *zia*,
E l' ancor più diletta genitrice,
Per lo biondo mio capo a un' asta infisso,
Non bagnerà di lagrime la guancia,
Non per questo vorrò che mai nipote
L' una possa chiamarti, e nuora l' altra.
Al tuo *tutto*, del mare alla Reina,
A *Venezia*, che a me, gentil Donzella,
Caramente tu memori ed esalti,
Temi in van ch' io t' adduca, e ch' io sostegna
Del tuo Tabur dall' adorata tomba
Strapparti: si disserri il suggellato
Scritto, ch' io diedi, e leggasi: « Prometto

« Io Marco Polo, che, qualor m'accaschi
« Scioglier l' enigma d' Agiarne, mai
« Non sarà che al mio talamo io l' astringa.
« L'incauta onde abolir cruenta legge,
« Lei tento di far mia; mia divenuta,
« Non v' han più dritto genitore o amanti;
« Io la cedo a sè stessa, ed ella puote
« Sceglier, donna di sè, talami o tombe.
« Nella scrittura mia tanto dichiaro,
« Perchè, s' io cado nel cimento, sappia
« L'Asia e l' intero mondo, e, più, Venezia,
« Che un giovin figlio delle sue lagune
« Non, siccom'altri, per fruir gli amplessi
« Di questa rara Tartara beltade,
« Ma per tor legge infausta a fausto impero,
« E il proprio nome ornar d' eterna fama,
« Affrontò l' alto rischio e vi soggiacque ».
A fiera bile di vedersi vinta,
E più, d' amante, qual tenealo preda,
Sottentra in Agiarne a poco a poco
Maraviglia, conforto, e quasi gioia
Di scoprir nel rivale un tanto eroe.
Aperto nelle braccia, Gingiscano
Gli va incontro, il ringrazia, il loda, e giura
Che liberi gli affetti d' Agiarne
Sempre vorrà. Di preziosi doni,
Cui Marco rifiutar credette orgoglio,
Non che la figlia e il padre, ogni Barone
Largamente il colmò, ma più coloro,
Ch'esposta di quel fascino al periglio
Avean del miglior sesso adulta prole.
Di Ceilan i rubini, e le ritonde
Grosse perle vermiglie, onde l'estremo
Giappon le sue frequenti isole ingemma,
Perle assai delle candide più care,
Fra i topazii, i carbonchi, e gli smeraldi,
Eran di Polo nel tesoro immenso :

E pria vinta Agiarne, e poi ceduta,
E Baroni magnifici, che a prova
Fean di mostrarsi grati e sontuosi,
Fur la vera cagion di quel tesoro,
Ond'ei, nuovi compiti ardui viaggi,
E poi reduce ai patrii focolari,
I più lauti abbagliò concittadini,
E a sè di *Milion* vendicò il nome.
Così, di bella principesca mano
Fatto, non per viltade, il gran rifiuto,
Lode ottenne e ricchezza; indi lasciando
Pekino, e d'Asia trascorrendo i liti,
Reverito da tutti, a tutti caro,
Tesor più bello d'adunar si piacque;
Trovati egregi, mediche radici,
E scorze, e gomme, e polvi, e aromi, e droghe,
Che, sconosciuti dianzi all'Occidente,
Dai regni dell'Aurora ei portò primo;
E, meglio, varia sapienza, attinta
A regioni tante, a tante genti.
Sia che per la sabbiosa ei s'aggirasse
Landa, che dalla China il Tibet parte,
Renajo degli Spiriti nomata,
Però che incontra ne'silenzii orrendi
Di quell'ermo talvolta e della notte
Strepito d'oricalchi e di tamburi
Ascoltar d'improvviso, e il viandante,
Che move in caravana, se per sonno
O per lassezza mai dietro rimanga,
Dei compagni s'avvisa udir le voci,
A nome ode chiamarsi, e il lor viaggio
Quei seguon taciturni, e son *gli Spirti*
Del renajo malefici, che gioco
Fansi del derelitto, e lui di senno
Traggon spietatamente e di cammino:
Sia che vedesse i carri ricoverti
Di feltro impenetrabile alla pioggia,

Che de' Tartari son nomadi case.
O il festeggiasse la provincia gaia
Appo la *gran muraglia*, che in sollazzo
Tra suoni e canti sempre e cene e danze
Passa la vita, e, quando forestiero
Cápiti, si raddoppiano i tripudii,
E i benigni consorti alle mogliere
Fidanlo, e per tre giorni escono fuori;
Intanto il forestier dalla finestra
Cappello o ciarpa, come frasca ostiero,
Spone, per avvisar ch' ei tuttavolta
Indugia, e che il marito ancor non rieda.
O, singular non meno, il Tibet, dove
Alle donzelle ogni felice drudo
Di sua felicità dona un segnale,
E qual di loro più segnali vanta
Quella si preferisce a dolce sposa.
Se non che esempi, da ritrar più degni,
E più da trasportar di qua da' mari,
In Caver scórse, oriental cittade,
Ove cinque regnavano fratelli,
Tra i quali, se talor guerra sorgea,
S' interponea la madre, e, se ostinati
Duravano e feroci, il sen nudato,
E brandito un coltello, ah! queste poppe,
Dicea, punir saprò, che infausto latte
Vi porsero, o germani; i figli allora,
Per pietà della madre, ogni rancura
Spogliavano, e fra lor riedea la pace.
So che al vero talor nel suo volume
Marita i sogni e le stupende fole,
Questo d' Italia nostra Humboldt vetusto;
Il fiel del gran colubro, o coccodrillo,
Se credi a Polo, del rabbioso cane
Risana i morsi, e alle nicchianti donne
Della maternità la gioia affretta;
Il grifone, quadrupede pennuto

Dell'Africano ciel, da terra leva
L'anguimano elefante e in aria il porta.
Ma ciò che per veduta attinse Marco,
O per udita, cerner vuolsi, e troppi
V'han Sapienti che ne' lor quaderni
Notan scredute intese maraviglie,
Il vero d'appurar, la cura al tempo
Lasciata, ed al solerte acuto esame;
Chè il dissimile al ver vero è pur anco.
Della credula età qualche fiata
Drizza Polo le torte opinioni;
Che solo da una vergine sopporti
Di venir côlto il gran rinoceronte;
Che gli uomin cubitali della cinta
Dall'Indiano mar florida Java
Uomini sien da senno, e non piuttosto
Con zafferano acconce, e il corpo intero,
Fuor muso e pettignon, pelate simie;
Salamandra non finta, perchè il foco
Purgalo solamente e nol consuma,
L'amianto chiamò, filabil marmo;
Nè delle nere pietre, che, quai brage,
Ardono, e assai più a lungo che le legne
L'ardor tengono, pietre onde van liete
Del Catai le montagne, e l'util sono
Litantrace, a'dì nostri in tanta voga,
Si tacque. Ei fra' moderni a' naviganti
Primo seppe accennar l'uso ed il tempo
Delle etésie; le donne e i dilicati
Denno a lui, se le nari allegrar sanno
Col muscado odorifero, un umore,
Ch'or sulle rupi e gli alberi, a' quai viene
Fregando l'ombelico postemato,
Del nevoso Tibet lascia una cerva,
Or le ruba dell'uom l'arbitro ferro.
E tanto Eroe, che tanti in Asia rischi
Vinse, e fu amor di popoli e di regi,

Cadea prigione sovra i patrii mari,
E dell' Italia sua, sempre divisa,
Sempre in guerra fra sè, prigion cadea?
Gioisci, ben ti sta, dell' arse, o prese,
Là nell' acque di Curzola triremi,
Di Venezia rival, Genova altera ;
Se adornar non può, vivo, il tuo trionfo
Dandolo, l' Ammiraglio, che d' incontra
Al maggior pino della vinta nave
Si fracassava la delira testa,
Perchè, cinte le mani di catene,
Gli contendean la morte desiata,
Sorvive Polo, gloriosa spoglia,
Adriaca non pur, ma d' Oriente.
Ed egli, prigionier fra le tue mura,
La bozza nel nativo dialetto
A Francese palmier fia che consenta
De' suoi per l' Oriente ardui viaggi,
Che nel Franco sermon la prima volta,
Nell' Italico poscia e nel Latino,
S' ammireran ; ma d' Agiarne quivi
Scomparirà l' istoria; chè, smarrita
Della bozza la pagina amorosa,
Rinverralla soltanto a' dì più tardi,
Vivo ornamento di Liguria bella,
L'erudito (1) Spotorno. Io lo inchinai
Tra i codici e i papiri, or compiè l' anno,
E nell'alterno favellar giocondo
Dell' alato leon vassallo un tempo
Udendomi, il cortese Sapiente
La lieta mano a un suo guardato scrigno
Stese, il dischiuse, e la vetusta carta
Trattane, e letta: Guarda, mi dicea,
(Se vision non fu pur questo o sogno,

(1) Autore della Storia letteraria della Liguria, e del Codice diplomatico Colombo-Americano.

Come la Donna a me sull' Adria apparsa)
Del dialetto tuo bel monumento.
Si, gli soggiunsi, è degno che Vinegia
De' Dogi suoi nelle superbe sale
Entro marmoreo cippo il custodisca,
Siccome i documenti venerati,
Discoverti da te, che il tuo Colombo
Proprio nel cinto delle patrie mura,
Non sul propinquo Savonese lido, .
Del matern' alvo uscia, Genova serba.
Solo ch' io non vorrei, per arricchirne
Venezia, impoverir la tua cittade;
Avventuroso assai, se quanto or lessi
Di Polo e d' Agiarne consentito
Mi venisse ridir. Per lo cerebro
A me da lunghi mesi un estro ferve,
Che dell' enigma più fra noi vulgato
Cantar vorria le leggi: oh, s' io di Polo
Colla storia le infioro e d' Agiarne,
Di quanto le ricreo ! Tua brama s' empia,
Spotorno ripigliò; passato è il tempo
Delle vendette Italiche e degli odi,
E l' amistà fra te Veneziano
Già stretta e questo Ligure gentile, (1)
Che in te la giusta ed erudita sete
Ammorza delle nostre raritadi,
È di quella amistà, che tutti or gode
Gl' Itali rannodar, simbolo caro.
   Alle patrie colline io tornai poscia,
E lentamente il mio disegno antico
Venni incarnando; ma gli austeri Sofi
Diranno, e la presente utile etade,
Che in sì misero tema abbiettai l'arte;
Ch' altro da' vati pur chiede oggi il mondo;
E che quel Jone io son, che, mentre al corso

(1) Eustachio Mongiardino.

Destri veniano, al pugilato, al disco,
Dell' Olimpica arena i combattenti,
Chiamava a sè la spettatrice turba
Con vana maestria fuor saettando
Dalla cruna d' un ago il sottil miglio :
Onde non lauro ambito, od oppio, o ulivo
Conseguì l' ardua, più che bella impresa,
Ma un vulgar moggio del negletto grano.
    Calinsi dunque omai le stanche vele,
E del loro gonfiar quasi pentite;
E, quando io le calava e vedea 'l porto,
Nel maggior tuo delubro, alta Milano,
La Lombarda corona Ferdinando
Alle tempia cignea, sull' onde salse,
Da custodir nel tuo tesoro, o Marco,
Il Veneto spedia compagno scettro,
Acciocchè quella unicamente o questa
Non vantasse metropoli rivale
I segni entrambi del congiunto regno;
E l'arco, d' architetti e di scultori
Moltilustre fatica, alla Vittoria
Destinato dall' Uom, che per le chiome
Lungamente la tenne, inaugurava
Il pacifico Augusto a miglior Nume.